影法師

久谷 雉

ミッドナイト・プレス

目次

影法師

生活

わたくしの生活は
草の上であたゝめられた卵のやうに
ゆつくりと死んでゆく
それでいゝ
ひとつの泉のまはりを
歩きとほすだけの時間さへあれば
わたくしは幸福になれたのだ
ゑごの木の花　あの
きらきらと揺れる花を
みづからの心臓へささふ姿勢で
わたくしの息よ　とまつてしまへ
息のとまつたあとの
切株のやうな生よ
このかたはらに　坐るのだ——

たまらない　たゞ
肌が　たましひが
のびゆくものであることが
たまらない
ひかる車の通過をいくたびか　やりすごし
今宵のまくらを
作法どほりにひきずつて
わたくしはぶあつい明けがたの前で
はにかんでゐる――

雲を刻む

日本語よりもさきに
おまへは雲をその眼に刻んだ。

空を支へてゐる力　そして
空が支へてゐる力——

いづれを欺くにしても
おまへの腕は、髪は、時計は
薪のまはりの天使たちの鈍感さから
逃れられまい——

（あゝ、一杯の水が揺れるけはひにさへ、
荒地野菊はこんなにも容易にほろぼされるのだ）

おまへの脂肪がつゝむ詩ではなく
おまへをつゝむ脂肪のやうな詩は――

木端微塵に砕けて
焼かれた鱒やバレイショの上に舞ひ降りる。

桜前線

あるひは　いまもわたくしは
民衆のひとりであるのかもしれない

たゞ　わたくしの靴下や胃袋の中に
民衆がひそんでゐたのかどうかは
きはめて　疑はしい――

しかし、かの人びとのうしろに
ふくらんでゐる
山すその鈍いまばたきならば
うばぐるまの時代から親しいものであつた

四月のなかば
なまあたゝかな雨を浴びた傘をかゝへて
池袋リブロのエスカレーターを昇る

コミック売場の真白なひかりが
しめつた前髪をなめたとき
ウイルスのやうにさゝやきはじめる誰かがゐた

民衆　民衆　と――

さゝやきのするはうを
ふりかへつてみたところで
粘土をゑぐつて作つた　人間の口がひとつ
中空に浮かんでゐるばかりだらう

ぬるくもなければ
つめたくもない、目鼻の行進が
桜にまぎれてはぢけ飛ぶ今日――

円筒形

ひし形の口が明るい中空を向いたまま、ゆるやかに開きはじめた。受けるべきふくらみはいまだあらはになつてはゐないはずなのに、黒々とひかる瞳の底には早くもさゞ波がたつてゐる――若葉の影がうごめく。かぐろいまだらがうねりとなつて、スカートや肌をもやもやと揉む。息だ。若葉のむかふで燃えてゐる太陽の息の切れはし。手足も目鼻も性器も切り落とされた筒めいた切れはしとして、わたくしは伯母の家までの小道を移動してゆく。

骨よりもながく

おやすみ、
おほきな死よ。
あなたにあたへるべき
米も魂もからだも
もうこの台所にはありません、
ましてや傘など――
あなたのおほきさが
人々の目にさらされたとき、
あなたはすそ野から
さやさやとくさりはじめる。
だから、おやすみ
おほきな死よ。
わたくしはもはや、
おほきな死を

おほきな死と呼ぶ人に
手を貸すことはあるまい。
そして、
春の日付を帆にして
海ばらをすゝむドラムカンのおろかさをもまた、
告発はするまい。
鏡の中の惑星を
一日かけてみがくやうに、
ちひさな死との握手をくりかへす、
それだけだ、
それだけだ、
ちひさな死を摘《つ》み
ちひさな死へと渡る瞬間
足首の腱をはしるこはゞりが、

わたくしの骨よりもながく
この地上に息づくのを夢みること、
たゞ、それだけだ。
おやすみなさい、
おほきな死よ。

宿

口の中に壁がある。
晩春の藪からあふれる
ほろにがい蜜をあびて
壁は泡立つ。
弓形の舌を
こがねいろに焼いて、
暈のやうな時間をさぐりながら、
線形の虫たちがほゝゑみあふ
そんな、
宿になることをめざして――

天の近所

天の近所をまはる

自転車を漕いで、
蛇苺の繁みを轢いて、
川を渡る大工たちに挨拶をして

いくつかの坂と
学校、
そして
いくつかの鏡が
近所と近所をつないでゐる

荷台の
木箱からこぼれる

鶏のはらわたの匂ひ、
光よりもはげしく
わたくしの眼玉にやすりをかけやうとする——

青一色を抱へたまゝ
つながりの外で
天は眠りこけてゐる

蟬

鳴るやうに、笑つた。

わたくしの乗り物ではなくて
一匹のクマゼミが、たゞ
鳴るやうに笑つた、
それだけなのだ、
そんな、
種もしかけもない話に
網のやうな川をかぶせるのが、
一生の仕事だつたなんて、
もう、誰にも告白したくはない。
ましてや、
クマゼミの腹をやぶつて
がらすの歯車の

こぼれる明日など、
来なくてもかまはないのだ。
だからこそ、わたくしは笑つた、
鳴るやうに、たゞ
夏の階段のうしろで、糸を揺らして
笑つてゐた。

さゝげるな

（たゞ　ふたすぢ、
夏の朝のほゝゑみへと遡るための
小道が伸びてゐる
小道と小道がかさなりあつて
浄化されるむらさきの目、
それを花弁のあはひに浮かせて
もう一度言ふ……）

さゝげるな、さゝげるな、
この靄につゝまれた地上の鯨に
おまへの食欲を、石を詰められた井戸のやうな
くるしい食欲をさゝげるな、
たゞ閉ざせ、食欲の壁に
あをい虫やねぢれた腸詰めのかゞやきを
閉ぢ込めよ

本の死

人が死んだら
本になる
梅雨明けの空の
つばめから滴る定義は
俄かに
本が死んだら
人になる　ことへと
後退して

口をあける
人々の
熱気からはぐれた
七月
桃色の闇を

舌で割る仕事が
夏よりあとにも続く見通しに
安堵する

焼けた雲から
五色の栞をひきぬく
めまひに倒れる人が
この石段の下にも
きつとゐる

物理

花をほどく

あかはだかの
花をほどくとあらはれる
垂直の
蜜
真夏の川をさゝへる
からい蜜だ
材木を組む音と
ぶりきに映る黄昏を
なみがしらの裏地にかくして
みぞおちを漂ふのは
物理のけはひ
髪を

光らせて
草の上にしやがむ人よ
立つ力よりも
しやがむ力に
ゆがめられた足を
わたくしは愛する
蜜を動かす息つぎで
かたどるやうに
愛するはずだつた

機影

小鳥たちの舌から
糸を引いてこぼれた魂が
おれの食事をスパイしてゐる

日溜りのかけらばかり
盛られた皿の輝きを　逐一
鉄棒の交差する基地へ
報告して——

抒情とはおそらく
飛行体が落とす影にしか
過ぎないのだらう——

雲雀

鳴つてゐるんだ、夜に触れて。
怯えと眠りのあひだの谷で、鳴つてゐるんだ、
夜の長靴に触れて。

あ丶　巻かれる――

種も骨もね
光を残さぬ系譜の片隅で
真黒な褥に　巻かれてゐたよ、
百合の林に吊られたゴンドラへ、学童は買ひに行くんだ、
――棒を呑んだ魚たちをね。

剝き出しになつた車をどろどろと鳴らして、学童はたゞ進んでゆくのさ――

樫の木のやうな顔や、
銅線泥棒のやうな顔を、
給食費のふくろに詰め込んで。

数も魚も動かない、こんなに静かな取引があつたなんて、

それなら、お礼に雲雀を飛ばしてあげやう。

太陽のない台所にも雲雀ならゐる、心臓のない肉体にも
雲雀なら。

――鳴らさないよ、

鳴らさずに、
峠をいくつも越えられる、棒をかゝへて浮いたまゝ。

あのヘルメットをかぶつた人たちだつて
棒を呑んだら魚になれるよ、

雲雀のペニスを拒んで片目をなくした、魚にだつてなれるんだから――

空の材料

――関口文子公演『余生のはじまり』に寄せて

細胞が
細胞にはなしかけて
あかねいろの酵母をゆづりあふ

――午前。

このまちの窓はさわがしい、
余生の起きあがる
にほひで

時のふくらみは
抵抗する――組みあはせた
両手の指のかげの下

てつぺんから剝かれて
ちひさな鍋にしづめられ――

*

「さよなら」はいつか
動詞になるだらう、
きらきら音をけぶらせながら
屋根裏ではしやぐ
いとこたちの片腕をかざつて――
まつしろな夏空の材料に
なるだらう――

坂道

みあげる。

揺りかごをのぞきこむ
父親の顔をして、
春の空をみあげる。

山吹のしげみと
さゝやかなわき水に飾られた
坂道をのぼつて

わたくしからぬけだしたわたくしのこゑに
耳をひらく――

いのりの杖をふりまはして　この雲や

この軒先に眠る犬を
縛りつけてしまつたら
おしまひなのだと。

わたくしの言葉よ　しぐさよ
そして詩よ、
ほろびるときは　精一杯
だらしなく手足をのばすがいゝ――

いかなる草木にも
くさりにも喩へられることのない
脱力を、どうか
灼熱の風にさしだすがいゝ。

真黒な涎に
ためらひなくまみれて——

狩場

息の波と息の波とが重なる浮き巣に、
しるべはあつた、

わたくしは狩る、ひらひらと、きらきらと砕けるくにを、
あかはだかの手で狩る。うらめしさと青草をもろ手に、灰色に濡れた鳥居をぬけて、

——秋だ、

狩られた場所から赤くたゞれるこのくにを、この瞳を、
秋の吐息にかさねあはせて狩つてやる、

十六時十二分。

わたくしの空腹は峠を越して、夕暮のひだを光らせながら、
霧のとばりへ消えてゆく、

しるべが木端微塵になつたあとも、消毒液のにほふ雨は
しよぼりしよぼりと降りつゞくだらう、

生まざることをつゝむ痛みは、厨の窓からあふれるかすかなしらべに過ぎぬ。
それでもなほ、

わたくしどもの鎌の刃をねぶつて
溶かしてゆくのだ、

——この秋に熟れるひとふさなど、この里のいづこにあらう。

真赤に腫れあがるばかりのまなざしが、
いかなる雲をきりくづすものか——

咲かない花

口のなかにあるものは
いつだつてさびしい

硬くふくらんだ球根でさへも——

わたくしの舌の上で花のやうには
咲かないものを、

咲かないまゝで
濁つたしずくをちりばめて
あとは衰へにむかつてゆくだけのものを、

どちらの岸辺から、流してあげればいゝのか——

うしろをむいて　真夜中のすそをめくる
きつねの一群も知らないはなしを、
わたくしに尋ねるのは　なにものだらう。

息と言葉のあはひにねそべる
真青な峰を　手足で奏で、
ほぎうたを歌ふ
このいきものは——

愛が最後には
さかのぼるものにしかならないことに
ふりむく朝の　わびしさよ

おまへにゆるされた仕事も

わたくしにゆるされた仕事も
ひときれのパンの甘みにおさまりきつてしまふ――
そんな軽さを

毛布一枚へだてたまゝ　たしかめあつて――

まぶしい嵐のほとりへ、
ひえきつた下着を洗ひにゆかう

北限のあかし

破れるのは
まくらべの鳥。
あさぎの扉をくだく
不可思議な昼のつばさだ、
まるい石を舌にのせて、
海鳴りに　ひふと骨組みをめくられて。
野あざみのふくらみに
ほろにがい鍵をかければ。
まつしろな鐘ばかりが
羽抜け鶏のやうに吊られてゐる——
しぐれた硝子戸を　全身ではこぶ
村人たちの影法師も、
まぶたをぼんやりよごしてゆく。
——櫛をあて、おくれよ

まくらべの鳥を破いてこぼれる
糸たばの虹へ、
めたみどほすのかけらを
ちりばめて。
瞳孔がいたい。
くづれかけのつばさに煽られて
ふうはりと腫れあがる。
——腫れあがることのみがあかしだ。
花屋の坂をくだつたさき、
うろおぼへの北限を
呼気のへだゝりで消してゆく。
あまやかなあかしだ、

家鴨の町

おぼへてゐるか
家鴨のゐる町で暮らした夏を

麦藁帽子のふくらみを
豆の葉の匂ひのする
おまへの汗がやはらかくした夏を

おぼへてゐるか

シュプレヒコールの始まつた
議事堂前から離れて
おまへは家鴨のゐる町をめざしてゐた

電車を二本乗り継いで

一度も暮らしたことのない内陸の町へ

ビールの王冠
玉虫の羽根　泥にまみれた毛鉤
鴇色の陽光の下で拾つたものたちは
次の日の朝までにすべて消えた

しかし、

家鴨を呼ばうとして
夏のすきまをゆがめてしまつた
口笛のひゞきだけは

おまへの片肺のへりを今日もなほ
ほろほろと焼いてゐる

不意におまへは振り向く、
家鴨のやうに　そして

おまへが振り向いた先には　やはり
家鴨のやうに振り向く
人間の列がある

おぼへてゐるか

おまへは愛を持たなくとも
家鴨の眼をした肉体を抱くことができる

そして　おまへにそつくりな
豆の葉の匂ひを掘り起こすことさへもできる

浴室

監視者の心臓のひだをめくつて
淡いひかりが洩れてゐる。
みることとそして泳ぐことが
あやふくたすきをつなぎあふ
そんな、
朧なひかりを連れて
監視者は　渦を巻きながら
この浴室へ流れ着いた。
瞳だつたものも
鼻だつたものも
唇だつたものも　すべては
くづれた雫にすぎぬ、
そんな、
液状の監視者の脳天を

わたくしは梶棒で毆りつけた、
　透明な肉体よりも先に
浴槽の底面が音をたてゝ壊れた……
　いまが夏。
脳髄が雲を抱いてゐる。
ひとの構造は、花
であるからこそ
引き裂くこともできるのだよ——

（靴のかはりに足首を忘れる義務を、
どうかわたくしにも、わたくしの家族だつた黍の群れにも、
お与へください——）

久谷雉（くたに　きじ）
一九八四年、埼玉県深谷市生まれ。
二〇〇三年　『昼も夜も』（ミッドナイト・プレス）　第九回中原中也賞受賞
二〇〇七年　『ふたつの祝婚歌のあいだに書いた二十四の詩』（思潮社）

影法師

二〇一五年十二月十一日発行
著者 久谷 雉
装丁 土田省三（Little Elephant Co.）
発行者 岡田幸文
発行所 ミッドナイト・プレス
埼玉県和光市白子三-一九-七-七〇〇二
電話 〇四八（四六六）三七七九
振替 〇〇一八〇-七-二五五八三四
http://www.midnightpress.co.jp
印刷・製本 モリモト印刷

ISBN978-4-907901-05-9